DIX ANS

DE RÈGNE

SATIRE

PAR

JULES BAGET.

PRIX : 75 CENT.

Paris,

CHEZ TOUS LES LIBRAIRES ET MARCHANDS DE NOUVEAUTÉS.

1840

DIX ANS
DE RÈGNE

SATIRE

PAR

JULES BAGET.

Paris

CHEZ TOUS LES LIBRAIRES ET MARCHANDS DE NOUVEAUTES.

1840

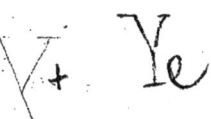

DIX ANS DE RÈGNE.

Heureux ces hommes froids, qui, lents à s'émouvoir,
Dans leur aveuglement ne savent rien prévoir!
Depuis dix ans, Français étrangers à la France,
Ils vivent engourdis dans leur indifférence,
Et s'inquiètent peu de la main qui conduit
Le vaisseau de l'État, égaré dans la nuit.
Trop calmes pour aimer, trop prudens pour maudire,
Ils ne s'arment jamais du fouet de la satire,
Et je voudrais, comme eux, impassible et glacé,
Absoudre le présent ainsi que le passé.

Mais hélas! si, malgré ce désir poétique,
Je vois se rembrunir l'horizon politique ;
Si, chaque jour, plus fier de plaire à l'étranger,
Le Pouvoir nous trahit en face du danger ;
S'il est vrai que sa bouche insolemment sourie
Aux mots de Liberté, d'Honneur et de Patrie ;
Si, désormais sans frein, sa fureur s'enhardit
Jusqu'à frapper nos vœux d'un coupable interdit,
Bien sûr qu'en s'appuyant sur des canons serviles,
Il peut long-temps encor dominer dans nos villes ;
Oh ! permettez alors que mon vers irrité,
S'alarmant d'un système à bon droit détesté,
Tinte comme un tocsin, triste écho de nos haines,
Sur le front des pervers qui nous forgent des chaînes.

Oui, des chaînes ! — Depuis les soleils triomphans
Où Paris au combat appela ses enfans,
Jamais la Liberté, dans sa marche inconstante,
N'a pu dormir un jour paisible dans sa tente.
Traquée à tout propos, proscrite sans raison,
Elle a traîné ses pas de prison en prison,
Expiant dans les fers l'abominable crime
De ne pas adorer la main qui nous opprime !
Certes, ce n'était pas le sort qu'elle rêvait
Quand, pour chasser un roi, son glaive se levait.

Elle ne pensait pas que sa noble victoire
Ne serait qu'un vain mot dans notre jeune histoire,
Et qu'au lieu de tarir la source de nos pleurs,
Elle ouvrirait pour nous une ère de malheurs.

Que la France, un moment, fut redoutable et belle !
La couronne allait bien à son front de rebelle,
Quand, maîtresse du trône et des hochets royaux,
Elle foulait aux pieds sceptre d'or et joyaux.
Sa fierté renaissait, et, fleur qui vient d'éclore,
Elle empruntait son lustre au drapeau tricolore ;
Car alors il voyait se jouer dans ses plis
Les reflets glorieux du soleil d'Austerlitz,
Et fêtait de nos morts les saintes funérailles,
En répandant sur eux l'éclat de cent batailles.
Quelle ivresse brillait dans les rangs des vainqueurs !
Que d'élans généreux faisaient battre les cœurs !
Que de songes dorés, de projets, d'espérances !
Tout n'annonçait-il pas la fin de nos souffrances ?

Et quel bonheur de voir, aux yeux des rois troublés,
Les peuples applaudir, en sursaut réveillés ;
— Puis des canons français les promptes étincelles
Allumer tout-à-coup les canons de Bruxelles ;

—Puis l'orage franchir les Alpes et le Rhin,
Et, volant en tous lieux comme un coursier sans frein,
Secouer, en grondant, sur l'Europe engourdie
Les fécondes lueurs d'un immense incendie.
Belges, Italiens, Polonais, Allemands,
S'agitaient, animés des mêmes sentimens ;
L'Anglais même, admirant sa rivale éternelle,
A la France tendait une main fraternelle ;
Enfin tout fermentait dans les pays divers,
Et nous étions au bord d'un nouvel univers !

Cependant, de nos murs quelque temps exilée,
La ruse triomphait parmi nous rappelée ;
Elle endormait le peuple, et déjà le beffroi
N'agitait plus Paris, et nous avions un roi,
Des pairs, des députés, un nouveau ministère,
Une Charte nouvelle, — et chaque prolétaire,
Athlète aux bras nerveux, soldat au cœur d'airain,
Libre encor de parler, n'était plus souverain.
Mais le Pouvoir, paré d'un masque populaire,
Flattait ceux que depuis a frappés sa colère.
Il les craignait alors ! Il entonnait, comme eux,
Les sublimes refrains qui traduisaient nos vœux,
Et loin de condamner les bouches au mutisme,
Il nous parlait de gloire et de patriotisme.

Il oublia bien vite un délire si beau ;
Mais, en renard qui sait la fable du *Corbeau*,
Il redoubla d'abord de soins et de caresses,
D'éloges doucereux et de feintes tendresses,
Et dit avec emphase au peuple des trois jours :
« Modèles des héros, souvenez-vous toujours
» Qu'effaçant d'un seul coup nos temps les plus prospères,
» Vous avez surpassé les exploits de vos pères.
» Mais apprenez que l'*ordre* est, après le succès,
» La première vertu qui convienne aux Français.
» Ainsi, comptant sur nous et sur notre civisme,
» Rentrez dans vos foyers ; c'est assez d'héroïsme ! »

Voilà par quel discours perfidement flatteur,
Le Pouvoir commença son rôle d'imposteur :
Puis, afin d'affermir son naissant édifice,
Et d'abuser le peuple avec plus d'artifice,
Il lui promit bien haut des droits, des jours meilleurs,
Et l'embauma vivant sous un monceau de fleurs.

Pauvre France ! Dès lors en lambeaux déchirée,
Des nouveaux parvenus tu devins la curée.
Rien ne put te soustraire à l'envahissement.
Des limiers affamés dont tu fus l'aliment,

Et le riche butin de ta noble substance
Parut même tromper leur vorace espérance.

Avides publicains, ô race de serpens,
Votre bonheur est donc de vivre à nos dépens,
Pareils à ces gramens, dont les mille racines
Aiment à s'engraisser sur un sol de ruines?
Oui, vous n'êtes heureux, trafiquans du pouvoir,
Qu'en pressurant le peuple à votre laminoir,
Et quand parfois ses cris vous frappent d'insomnie,
Vous accusez encor son remuant génie !
Qu'ils vous connaissaient bien, ces généreux ligueurs,
Dont l'audace a bravé vos coupables rigueurs !
Ils savaient qu'une fois au timon des affaires,
Vous n'auriez plus souci des publiques misères,
Oubliant vos discours, vos promesses, nos droits,
Tout, excepté notre or, moisson des gens adroits.
Leurs craintes, par malheur, étaient trop légitimes,
Et vous les avez pris pour premières victimes.
On vous maudit bientôt ; dans toutes nos cités,
Parmi les noms flétris vos noms furent cités ;
On protesta partout contre votre système ;
Sur vos fronts d'apostats on lança l'anathème,
Et le peuple, honteux d'un joug avilissant,
Reparut en tous lieux terrible et menaçant ...

—Mais le Pouvoir, suivi de ses fidèles meutes,
Dans l'intérêt de l'ordre, écrasa les émeutes,
Et prouva clairement par le droit du plus fort
Que le succès suffit pour n'avoir jamais tort.

Depuis, a-t-il voulu, regardant en arrière,
S'arrêter un moment dans sa triste carrière,
Et montrer que la loi de la nécessité
Avait seule conduit son bras ensanglanté ?
Jamais. —On l'a vu même, indigne sycophante,
Entretenir l'effroi que le désordre enfante,
Et cachant ses desseins sous un voile trompeur
Gouverner les esprits à l'aide de la peur.
Rien ne fut oublié par la presse vénale
Pour flatter du pouvoir la pensée infernale.
On vit, chaque matin, ses dociles journaux,
De mensonges grossiers scandaleux arsenaux,
Évoquer lâchement le spectre populaire,
Pour souffler dans les cœurs la crainte ou la colère.
Le peuple de juillet, si grand, si généreux,
Devint, dans leurs discours, un tigre, un monstre affreux.
Ces mots : *assassinat, pillage, lois agraires,*
Remplirent tous les jours leurs pages funéraires,
Et leur plume chercha les plus sombres couleurs,
Pour tracer le tableau de nos futurs malheurs.

Tout fut changé par eux en sinistres symptômes,
Et prit dans leurs récits des formes de fantômes.
Rien ne put égaler l'hypocrite fureur
De ces scribes payés pour semer la terreur.

Ils nommèrent bientôt la liberté *licence*,
Et, voulant par degrés abattre sa puissance,
Ils dirent aux bourgeois : « Votre unique salut
» Est un calme profond ; pour atteindre ce but,
» Il faut mettre un bâillon à la tourbe insensée
» Qui se permet, sans nous, d'avoir une pensée.
» Le peuple, — quelle audace ! — ose se réunir
» Pour discuter ses droits et parler d'avenir.
» Sous l'œil de la police, active sentinelle,
» Il ose dénoncer la marche criminelle
» Des hommes généreux, qui, par pur dévoûment,
» Touchent pour gouverner un riche traitement.
» Il ose dire enfin, d'un ton déclamatoire,
» Qu'on le trompe, — et qu'il veut les fruits de sa victoire.
» Or, comment aspirer à la tranquillité,
» Tant qu'un monstre pareil ne sera pas dompté ? »
Le Pouvoir ajouta : « Le remède est facile,
» Et la Chambre à mes vœux complaisante, docile,
» Immolant au repos un peu de liberté,
» Rendra la France entière à la prospérité. »

Puis il ferma les clubs. — Mais sa vaine colère
Ne fit que courroucer le lion populaire,
El les jours de bonheur qu'il avait tant promis,
Lents à naître, au néant sont encore endormis.

Alors il s'écria : « Le mal est dans la presse !
» Oui, la presse est trop libre : ardente, vengeresse ,
» On la voit en tous lieux porter l'éclat du jour ,
» Et les abus n'ont plus de paisible séjour.
» Elle attaque le fond, elle attaque la forme ,
» Et trouble le pays par ses cris de réforme.
» Ce n'est plus qu'un torrent d'injures, de sifflet
» Qu'un déluge sans fin d'implacables pamphlets.
» Quel ministre, battu d'un éternel orage,
» Pourrait sur cette mer échapper au naufrage ?
» Il faut un nouveau code, un code sans pitié,
» Qui frappe des journaux l'injuste inimitié.
» Plus de ces fiers accens, où le cœur se décèle ,
» Ni de ces mots brûlans, d'où jaillit l'étincelle.
» Que l'essor de l'esprit, si prompt, si spontané,
» Se traîne pesamment par les lois enchaîné ,
» Et que tout noble espoir, que tout désir de l'ame
» Se consume en secret comme une vaine flamme.
» Oui, le Pouvoir, lassé d'inutiles combats,
» Ne voit qu'un seul moyen de finir nos débats,

» C'est que, par cent liens la presse embarrassée,

» Puisse tracer à peine une ombre de pensée.

» Malheur aux écrivains! car pour sauver l'état,

» Désormais d'un *délit* je fais un *attentat.*

» Plus de jury pour eux, — ou du moins ma vengeance,

» Qui de ce tribunal abhorre l'indulgence,

» Pourra toujours choisir pour juges, non leurs pairs,

» Mais les hauts magistrats de la Chambre des Pairs.

» Parlez-moi de ces gens qui sont de noble race ;

» Leur glaive est sans pitié, mais il frappe avec grace. »

—« Quoi ! lui répondit-on, n'avez-vous point assez

» Des lois dont vous usez ou plutôt abusez ?

» Visitez les prisons : les noms des journalistes,

› Dans vos greffes poudreux, sont sur toutes les listes.

» Sans cesse poursuivis, punis, persécutés,

» Jusque dans leur sommeil ils sont inquiétés.

» Le jour, point de repos ; et la nuit, la police,

» Hideuse, à leur chevet comme un spectre se glisse.

» Alors, comme un forçat échappé de Toulon,

» Elle fouille partout, de la cave au salon ;

» Et lorsqu'elle a tout vu, papiers, correspondance,

» Lettres même où le cœur s'épanche en confidence,

» Joyeuse, elle s'en va, quand paraît le matin,

» Déposer au parquet son nocturne butin.

» Que voulez-vous de plus ? Jamais la tyrannie

» N'a mieux fait éclater son perfide génie.

» D'ailleurs, oubliez-vous qu'un trône fut brisé

» Pour ce droit , par vous-même aujourd'hui refusé ,

» Et que même à ce droit votre Charte vous lie?

» *La censure jamais ne sera rétablie ,*

» Dit-elle ; et vous , prôneurs de la légalité ,

» Vous n'attentez pas moins à notre liberté.

» Tout , jusqu'aux œuvres d'art est mis en surveillance :

» Il nous reste le droit... de garder le silence. »

    — « Le sort en est jeté, répliqua le Pouvoir ;

» Il faut que tout enfin rentre dans le devoir ;

» Que surtout les journaux apprennent à se taire ,

» Pour laisser un champ libre à chaque ministère.

» Je sais bien que ma loi sent un peu son Dracon :

» Mais moi, je veux aussi passer le Rubicon. »

    — En effet, il franchit la terrible limite ,

(Car c'est toujours le mal , non le bien qu'il imite)

Et depuis lors Paris , naguère libre et fort ,

A vu nos gouvernans, maîtres de notre sort ,

Ajouter chaque jour , dans leur ingratitude ,

Une maille au réseau de notre servitude.

    Ont-ils du moins, si prompts , dans leurs témérités ,

A détruire au berceau nos jeunes libertés ,

Ont-ils, pour colorer leur parjure démence,

Des nobles passions fécondé la semence,

Et, mettant à profit nos trop justes clameurs,

Sur les débris des lois fondé les bonnes mœurs?

Eux, grand Dieu!... le penser serait mal les connaître.

Qui se nourrit du vice, aime à le faire naître.

Aussi, persuadés qu'un peuple sans vertu,

Aux pieds du despotisme est sans peine abattu,

Leurs sacriléges mains, en nous chargeant d'entraves,

Semèrent parmi nous les vices des esclaves.

Pour les faire germer, que faut-il? — de l'argent.

Ce puissant Dieu du jour devint donc leur agent.

Il se montra partout, déliant dans sa course,

Pour tout homme vénal les cordons de sa bourse,

Mettant l'or en crédit, l'opulence en honneur,

Et d'un luxe effronté le faste suborneur;

Disant aux députés : à vous faveurs, richesses,

Si vous les méritez à force de bassesses;

Aux écrivains : à vous et fortune et splendeur,

Si vous prostituez vos plumes sans pudeur;

Aux électeurs : à vous croix, emplois ou salaire,

Si tous vos candidats sont ceux du ministère;

A tous : aimez l'argent; c'est un goût très moral.

Qu'importe à l'homme heureux l'intérêt général?

De là cet égoïsme, espèce de vampire,

Qui, dans le fond des cœurs, a placé son empire;

De là ces vils calculs et ces déportemens,
Ce mépris de l'honneur et des grands sentimens ;
De là ces vols publics, ces scandales de Bourse,
Tous les excès, enfin, dont l'argent est la source.
Où la fortune est tout, la probité n'est rien,
Et l'or sait d'un fripon faire un homme de bien.

Vous dirai-je à présent, pour clore la série
Des maux dont je voudrais venger notre patrie,
Qu'au dehors le Pouvoir, escorté du mépris,
A tout sacrifié pour la paix à tout prix ?
Dirai-je que trompant les vœux de notre France,
Il a trahi tous ceux qui criaient : *Délivrance !*
Leur promettant sans cesse, et secours et soldats,
Puis les laissant périr sans l'appui de son bras ;
Ainsi de la Belgique, à ses yeux avilie ;
Ainsi de la Pologne, ainsi de l'Italie ;
Ainsi partout. Jamais système plus honteux
A-t-il couvert de fange un peuple généreux ?
Aussi, que sommes-nous pour les fronts à couronnes,
Depuis que le Pouvoir est le vassal des trônes ?
Un peuple qui fut grand, mais désormais chassé
Du rang, où sa valeur l'avait jadis placé.
Voyez plutôt ! — Nos mains autrefois souveraines
Semblent de l'avenir abandonner les rênes.

L'Orient nous échappe, et Mehemet-Ali

Voit ses droits méconnus, et son trône avili.

Sans nous et malgré nous, l'Autriche et l'Angleterre

Déchirent ses états, livrés au cimeterre ;

Et nous, nous, ses amis (il le croyait du moins) ,

Nous sommes de sa chute immobiles témoins,

Tandis que lui, les yeux tournés vers notre plage

Semble encore invoquer notre antique courage !

Rien n'émeut le pouvoir, qui se traîne à genoux ;

Son rôle est de ramper. — Envain lui crions-nous :

« Chaque coup de canon qui résonne en Syrie,

» Est un nouveau défi fait à notre patrie ? »

Nos plaintes et nos cris, sans même être entendus,

Dans le vague des airs sont aussitôt perdus.

Ainsi, France, partout méprisée, insultée,

Dans le conseil des rois ta voix n'est plus comptée,

Et tu n'es plus cet astre, aux puissantes lueurs,

Dont l'aigle pouvait seul contempler les splendeurs,

Mais un pâle flambeau, qui par degrés s'efface,

Et qu'un vil roitelet peut regarder en face.

Voilà pourtant, voilà comme depuis dix ans

Notre honneur est compris par tous nos gouvernans !

Ce n'était pas ainsi qu'il comprenait la gloire,

Ce fier Napoléon, soleil de notre histoire !

Il avait l'ame haute, et prompt à se venger,

Son bras savait punir qui l'osait outrager.

Et c'est en ce moment, misérables pygmées,

Que vous rouvrez la France au géant des armées !

Est-ce pour imprimer comme un dernier affront

Le sceau de votre honte à son auguste front,

Et pour mieux lui montrer toute l'ignominie

De ce pauvre pays qu'illustra son génie ?

Despote comme vous, il eut du moins pour lui

Le redoutable éclat dont son glaive avait lui.

Mais vous, qu'avez-vous fait, cœurs faibles et timides,

Vous, qui parodiez l'homme des Pyramides ?

Je cherche vos exploits, et je vois vos drapeaux

Dormir obscurément dans un lâche repos.

Je cherche vos lauriers et vos nobles blessures,

Et je vous vois meurtris de mille flétrissures.

Et c'est vous, vous, jouets du monde occidental,

Qui du grand exilé dressez le piédestal !

Allez, ne touchez point à ces illustres cendres.

Pour fêter un César, il faut des Alexandres !

Il faut un peuple fort, et libre et respecté,

Pour lui faire cortége à l'immortalité,

Un peuple qui, paré des mains de la Victoire,

Recommence, sans vous, notre sublime histoire,

Et qui, sur les chemins connus de nos canons,

De nos grands généraux ressuscitant les noms,

Aille redemander aux vieux champs de bataille
Des triomphes nouveaux mesurés à sa taille.
A ceux-là seuls le droit d'honorer le géant;
Pour vous, fils de la peur, rentrez dans le néant.....

CONCLUSION.

Maintenant, citoyens, pesez tous en silence
Et vos biens et vos maux dans la même balance;
Calculez tous les droits que l'on vous a ravis,
Et sachez à quel joug vous êtes asservis.
Comme moi vous verrez, en réglant votre compte,
Que le nombre total est un chiffre de honte!...
Alors demandez-vous, dans vos cœurs indignés,
Vous tous, depuis dix ans ilotes résignés,
S'il n'est pas temps enfin, qu'au cri de la *réforme*
Le pays tout entier bondisse, et se transforme.
La loi vous dit égaux; or, cette égalité

Veut que vous soyez tous frères en liberté,

Et qu'admis au scrutin de l'urne électorale,

Chacun de vous concoure à la loi générale.

Réclamez tous ce droit; car sans lui point d'espoir

De sortir de la fange où nous tient le pouvoir;

Point d'espoir de créer une chambre élective

A la voix du pays noblement attentive;

Point d'espoir de sauver la France du mépris,

Où la plonge une paix mendiée à tout prix;

Point d'espoir de montrer à l'Europe enhardie,

Qui croit notre valeur à jamais engourdie,

Que le peuple français, libre et victorieux,

Peut encore marcher l'égal de ses aïeux.

Réforme donc, réforme, et prompte et radicale!

Ce cri de mille abus peut finir le scandale.

Réforme! oui, que ce cri, du Pouvoir redouté,

Eclate, retentisse, en tous lieux répété.

Qu'il soit un cri de guerre, un cri de délivrance;

Qu'il retrempe, relève, électrise la France,

Et qu'au Palais-Bourbon pénétrant en vainqueur,

Il nous rende nos droits et venge notre honneur.

JULES BAGET.

Imprimerie de LANGE-LÉVY et Compagnie,
rue du Croissant, 16.

www.ingramcontent.com/pod-product-compliance
Lightning Source LLC
Chambersburg PA
CBHW061735180626
46818CB00006B/2635